강나루의 대화

푸른시인선 030

강나루의 대화

초판 1쇄 발행 · 2025년 5월 10일
초판 1쇄 발행 · 2025년 5월 15일

지은이 · 김종호
펴낸이 · 김화정
펴낸곳 · 푸른생각

편집 · 지순이 | 교정 · 김수란, 노현정
등록 · 1999년 7월 8일 제2-2876호
주소 · 서울시 중구 충무로 29, 아시아미디어타워 502호
대표전화 · 031) 955-9111(2) | 팩시밀리 · 031) 955-9114
이메일 · prun21c@hanmail.net
홈페이지 · http://www.prun21c.com

ⓒ 김종호, 2025

ISBN 979-11-92149-60-8   03810
값 14,000원

푸른
시인선

030

강나루의 대화

김종호 시집

까마득한 길이
어제처럼만 같다.
걸음걸음 인도하신 이
마지막 한걸음도
헤이실 것을 믿는다.

노을 빚기

노을이
저리 곱다 하오시니
내 노을 한 채
빚으렵니다.

쌓아도, 쌓아도
닿지 않는 하늘
고이고, 받치고
한 땀 한 땀 다듬어서

채색 옷도 곱게
내 노을 한 채
빚어드리리라 합니다.

2025년 봄
김 종 호

| 차례 |

| 차례 |

제3부

제4부

제6부

제1부

벽 앞에서

소리치는 벽 앞에서
고요할 때
벽은 벽이 아니었다

어둠의 캄캄한 속에서
눈을 감고 바라보니
절망은 종다리의 알을 품고 있었다

성은 무너지고
새들은 날아가고
바라볼 하늘이 없을 때

울부짖는 자여,
강고한 너를
허물 수 있다면

무덤으로 걸어 들어가서
생명의 길을 여신 예수
절대 사랑을 만나게 되리니

여섯 개의 벽 1

육면의 독방에
누워서, 너는
영원한 수인

천장만은
유일한 해방구
그리움으로 날아가서
네 사랑 손잡고 울다가
새벽이 되어 돌아온다

네 감옥에
사면(赦免)의 문이 있다

열면 열리고
열지 않으면
그 문은 견고하다

제7의 벽

오늘도
바위를 굴리는 자여

네 바위는
무의미인가
반항인가

제7의 벽
원죄에 매인 자여

부조리와 불안을
떠도는 디아스포라여

바위를 굴려라
네 안의
사면의 바다로

투명한 벽 2

모든 사이에는
허공이 있다

아름다운 노래로 날아가서
젖어서 돌아오는 슬픈 새

등을 대고 앉아
심장 소리를 들으며
우리는 외롭다
사랑, 이 아픈 역설

마트에서 1+1을 얼른 집어 들고
고요한 시간에 얼굴을 붉힌다
근엄하게 감추어야 하는
나는 외롭다
자기배반, 이 슬픈 역설

너와 나 사이
흐르지 않는
허공이 있다

그 전능의 화가

툰드라에서 그는
동토의 청량함으로
오로라를 그리는 빛의 화가

이 겨울
하염없이 내리는 눈
흰 빛, 그 찬란함으로

쓸쓸한 새벽길과
한낮, 도시의 굉음을 덮어
눈부시게 지우고 있다

어둠을 덮고
고통을 덮고
슬픔을 덮고

모든 색을
오직 흰 빛으로
사랑, 그 순결을 그리고 있다

하늘 길

새벽 고내봉*을 오르는 것은
네 미명을 짚어 가는 길,
마음에 촛불을 켜는 일이다
때로 넘어져서 올려다본 하늘에
솔숲 울울한 틈새를 열어
하얀 기원의 강이
굽이굽이 산을 오르고 있다
오른편 능선에 공동묘지와
왼편으로 보광사를 끼고
한 걸음씩 더듬어 산정에 이르러
거기, 미답의 허공이 열리고
처음 하늘이 쏟아져 내린다
바닷바람은 순연(純然)하여 너는
한갓 흔들리는 풀잎
산의 숨소리를 듣는다
샛별은 오늘의 묵시로 빛나고
순례자의 동녘으로 숨이 찰 때
도저한 미명을 헤치며
한 아름 애드벌룬을 띄우는 태양

하늘도 바다도 화염에 타오른다

물이랑마다 너울지는 생명의 불꽃

물새 한 마리 바다를 저어 가고 있다.

* 고내봉 : 제주 고내리에 있는 비고 176미터의 산. 고내오름이라고
  도 함.

존재

무심한 날들은
소나기 소리 따라
자르르 가버리고

헐떡거리며
산을 넘어온 것들
불을 끄고 가슴을 칠 때

"똑, 똑, 똑!"

누구신지,
무슨 말씀이신지

"너는 너로서
전부인 존재,
우주는 너로 있다."

창가에
쏟아지는 달빛

베갯머리를 적시는
귀뚜라미

나 까딱없어

훈병시절 완전 군장하고
20km 행군할 때 발에 물집이 터져
절뚝거리며 걸었던 기억이 새롭다

주님의 고난을 생각하며
사순절 순례의 길을 걸을 때
젊은이들 따라 제주올레길을 걸을 때
팔십 중반에 털썩 주저앉고 싶었지만,
지원차량에 떡 앉아 가고 싶었지만
입술을 깨물고 걸었다

"장로님, 그만 차를 타시죠?"
"나, 까딱없어!"
허장성세로 삼만 보를 걸었다
다리가 내 다리가 아니고
머리가 내 머리가 아니고
입에 거품이 일어도
"나, 까딱없어!"
죽을 둥 살 둥 걸었다
마음은 푸른 하늘이었다.

가을의 기도

열정의 무대는 막을 내리고
들판에 휑한 바람이 스산합니다
길가에 풀씨들이 톡톡 튀고
한 여름을 다 태우고 고요한 매미
까만 등껍질 위로 햇살이 따뜻합니다
흐느끼는 억새, 하얀 나비들이
단풍 숲 너머로 떠나갑니다.
오늘도 숨 가쁜 하루
물속으로 잦아드는
장엄한 일몰의 때를 기다려
주여! 손을 모으고 눈을 감습니다
이내 북풍이 불어 닥치고.
산과 들, 낮은 지붕에도 눈은 내리고
세상의 헛된 말과 혼잡한 사상(事象)들이
순수한 빛으로 환원 될 것을 믿습니다
모든 연주를 끝내고 허허한 숲
멀어지는 뒷모습이 쓸쓸하지만, 주여!
오래 꿈꾸어오던 평화와 안식
하얀 축복을 펑펑 내리시고
나목의 단출함으로 서게 하소서.

무엇인가 있다

그윽한 네 눈 속에
진실이 글썽인다
파르르 떨리는 눈썹 끝에
슬픈 무엇인가 있다

그 숲의 그늘에
나를 지켜보는 눈들이 있다
알 수 없는 무엇인가
나뭇잎 새로 번뜩이고 있다

갈매기의 날개는
높은 파도 위에 자유롭고
가도 가도 그리움은 닿지 않고
수평선 너머에 무엇인가 있다

혹한과 혹서의 사막
보이지 않음을 건너는
무한 고독, 거기
무엇인가 있다

텅 빈 허공에
실시간으로 모니터링하는
거대한 무엇인가 있다
그게 두렵다

바닷물 소리

긴긴 겨울 밤 북풍은
새벽을 휘몰아치고
바늘 끝으로 깨어나는 어둠

바다에 무슨 일일까
수백수천의 야생마들
함성을 지르며
내닫는 소리, 소리……

싸륵— 싸륵—
창문을 두드리는 싸락눈
풀지 못한 무엇이, 파도는
가슴을 찢으며 울부짖는가

이 밤
얼음처럼 명징한
무슨 말씀이신지
이리 간곡하십니까?
불문곡직 꼭 그리하겠습니다.

창가에서

봄 햇살 게으른 창가에
새들의 노래가 푸르다

먼 들녘 너머에
불을 지르는 아지랑이

잠시 바라볼 새도 없이
잎이 돋고 꽃이 피고
바위도 눈을 뜨는 계절

그리움이 아픈
창가에 커피가 외롭다

잔혹한 계절, 대지는
생명의 푸른 울음을 울고

사월의 창가에서 나는
그대에게 편지를 쓰노라

슬픔의 꽃

봄 햇살이 눈부신 날
네가 뒤뚱뒤뚱 걸어가서
뜰의 패랭이를 뚝 꺾었을 때
그때였을 거야, 어린 네게
슬픔이 꽃처럼 스민 것은

슬픔의 향기로
가슴은 따뜻하였지

어느 얄궂은 미소가
"엄마가 좋아, 아빠가 좋아?" 할 때
멈칫하였는데
"엄마아빠 다 좋아!"라며
웃을 때, 그때였을 거야
미움이 박쥐처럼 소리 없이
어린 네게 스민 것은

어느 날
순이랑 셋이서 소꿉을 놀다가

갑자기 네 얼굴빛이
달라졌을 때, 그때였을 거야
카인의 이야기가 시작된 것은

전봇대에 대롱거리는
폭도의 머리, 그 부릅뜬 눈
네 잠 속에서 헛소리할 때
어머니, 어린 손을 꼭 잡고
죽음보다 강한 사랑, 지금도
내 안에 흐르고 있네.

제 2 부

아기의 첫 울음 같은

새벽 산은
새들의 노래로 열리고
아기의 첫울음이 아니고는
열 수 없는 하늘이다

산 넘어 비밀의 장원에
행복의 샘을 찾아 떠난
사람들은 아무도 돌아오지 않고
새들이 물어 온 노래로
꽃은 피고 숲은 푸르다

슬픈 일이 많은 세상
얼마나 울어야
하늘을 열 수 있나?

별빛 내리는 비밀의 장원에
여전히 신비의 샘이 흐른다며
사람들은 줄곧 떠나가고
아기의 첫울음이 아니고는
열 수 없는 하늘이다

너와 나

네가 울면서
세상에 나올 때

어머니 아버지
세상은 축복이었다고 하는데
하늘 땅 나무 꽃 새 나비들
세상은 사랑이었다는데

그때 너는
햇살이 환하였을까,
구름이 무거웠을까?

그때였을 거야
내가 너를
바라보기 시작한 것은

네가 들소처럼
떠돌 때

네게로 가면서
기도를 배웠고
한없이 기다림으로
노래를 배웠다

이제는 네게서 돌아와
다만 기다림의 자세,
나무처럼 비우고 서서
하늘을 우러르고 있다

우연에 대한 생각

산길을 오르다가 우연히
분홍 꽃술 한들거리는
아, 술패랭이꽃!
이 길 수없이 오가며
한 번도 만난 적 없었는데

어느 날엔가
밤하늘을 소요할 때
유난히 깜박이던 별 하나
긴 꼬리 흘리며 사라질 때
얼마나 마음 졸였느냐

먼 우주 어느 별에 우리의
최초의 설계도면이 있었을까
한 치의 오차도 없이
이 엄청난 우연
예정된 약속이었나

산길을 가다가

우리는 우연히
분홍색 술패랭이꽃
어느 하늘가에서
그리움으로 떠서
글썽이는 별일까

잃어버린 발자국

해는 중천에 누렇게 뜨고
아지랑이 불타는 들녘, 문득
사위는 멈추고, 새소리도 들리지 않는
무성영화 속을 걸어가는 실루엣
어린 적 볕이 과랑과랑한* 들녘에서
탈*을 따먹으며 길을 잃었을 때,
겁이 와락 났을 때, 꿈결인 듯
나를 부르는 그 목소리
내 안에 누구실까
멈칫 멈추면 멈추고, 다시 걸으면
뒤를 당기는 목소리
슬며시 돌아보니,
저 어린것이 울고 있는 게 아닌가

너 거기서 왜 울고 있니?
—발자국을 잃어버려서요.
그깟 발자국은 어따 쓰려고?
—집으로 돌아가려고요

"번쩍!" 번개가 스치자
아이는 간 곳 없고,
나는 왜 여기 서 있는가
지금 어디로 가고 있는가

* 과랑과랑 : (제주어) 햇볕이 이글이글 타는 듯한 모양.
* 탈 : (제주어) 산딸기.

강나루(此岸)의 대화

강나루에 무연히 섰노라니
하루를 무겁게 굴려온 해
불타는 강물로 잦아들 때
줄곧 따라온 바람일까, 툭 친다.

당신이 초조하게 기다리는 것은 무엇입니까?
─강을 건너려고 도강선을 기다리고 있지요.
나룻배는 언제 도착합니까?
─그야 강주인의 마음이겠지요.
당신이 줄곧 걸어온 길은 무엇입니까?
─후회와 아픔과 슬픔, 그리고 그리움입니다.
　그때마다 사정없이 엉덩이를 들이받는
　성질 고약한 염소 한 마리 몰고 왔지요.
당신이 애타게 찾아 헤매던 행복은 무엇입니까?
─아, 그 또한 후회와 아픔과 슬픔, 그리고 그리움입니다.
왜 그런가요?
─행복은 그 모든 것의 화학 작용일 테지요.
　'바다의 눈물' 진주를 보세요,
　그 은은한 무지갯빛이 아픈 상처라는 걸

아는 사람은 많지 않지요.
당신은 사랑의 실체가 무엇이라 생각합니까?
 ─그것은 아버지의 회초리입니다.
왜 그렇습니까?
 ─그것은 용서의 눈물이지요.
   아버지는 먼저 자신의 종아리를 때리십니다.
   십자가를 생각해보면 알 수 있지요.
그러면 어머니의 사랑은 무엇입니까?
 ─사탄의 질투도 뚫지 못하는 암탉의 날개지요.
   '엄마', 이는 너무 슬픈 이름이지요.
그러면 이성의 사랑은 무엇인가요?
 ─바라볼 때 황홀한 별,
   닿는 순간 스러지고 마는 별,
   언제나 가슴에서 반짝이지요.
그러면 완전한 사랑은 없습니까?
 ─그것은 그리움 너머에서 피는 꽃,
   나를 다 소진하고 나서 비로소 피는 꽃.
왜 세상에는 완전한 사랑이 없는 것입니까?
 ─탐욕 때문이지요. 탐욕으로는

거울의 뒷면을 볼 수 없으니까요.

그런데 사람은 왜 죄를 짓습니까?

－하나님은 보이지 않기 때문입니다.

그렇다면 하나님은 존재하지 않는가요?

－아닙니다. 내가 존재하니까요.

　허공은 텅 비어서 어디나 가득하지요.

그러면 사탄의 존재는 무엇입니까?

－그는 어둠의 제왕, 죽음은 그의 권력,

　쾌락과 욕망은 그의 전가의 보검이지요.

사탄의 유혹은 무엇입니까?

－그의 혀 밑에서 내뿜는 모호한 안개지요.

　개념이 삭제된 환상 속에 몸을 숨기지요.

당신의 약점을 살짝 말해주시겠습니까?

－음…… 핑계입니다.

　본의 아니었다는, 너무 취해서 필름이 끊겼다는……

당신은 무엇을 위해 시를 씁니까?

－시는 쓰는 게 아니라 사는 겁니다.

　길을 가는 자의 노래이지요.

당신의 인생에서 어떤 삶을 원하시나요?

- 저 타이타닉호의 악사들의 연주입니다.

  물속에 잠기는 순간까지 연주하는 것이지요.

아, 배가 도착했군요. 잘 가세요.

- 잘 있어요.

  세상에 미련도 없다 했는데

  왜 눈물이 나죠?

너를 떠나라

너를 떠나라
나무처럼 의연하라
잘그랑 잘그랑 끌고 오면서
한 번도 빛난 적 없는
시뻘건 분출을 위하여
얼마나 떠나고 싶었느냐
어항을 빙빙 도는 고양이
그 집요한 눈빛으로, 끝내
길가의 꽁초를 집어 들 때,
누런 손가락이 떨릴 때, 그때
기뻤을까, 슬펐을까, 분노했을까

너를 떠나라
떠나지 않고
네게로 가는 길을 모른다
옥죄는 연민과 집착,
고통과 절망도 지고 떠나라
밤마다 캔버스에
그렸다 지우고, 다시 그리는 열망
아침이 되어 텅 빈 허망은 슬프다

구원의 약속이라도 되는 듯이
줄곧 기웃거리던 것들
새처럼 할딱거리던 가슴
네 사랑이 그랬고, 네 시가 그랬다

너를 떠나라
나무처럼 의연하라
바위처럼 바라보라
산 아래 까마득한
절망은 빛나는 시작,
바닥을 차고 나온 해녀의
물숨을 다한 숨비소리여!
뼛속을 비워내고 나서
후르르 날아오르는 새의 날갯짓이여

오늘도 해는 뜨고
약속은 계속되느니
지금은 사랑을 말할 때
너를 떠나라, 떠나지 않고
네게로 가는 길을 나는 모른다.

새소리 9

하늘을 건너는 새들은
쉬지 않고 날개를 파닥이지
새들의 하늘엔 거짓이란 없지
별빛으로 눈을 씻고
새벽이슬로 가슴을 닦고
새들은 길을 잃지 않지
무한 고독을 건너는 새들은
쉬지 않고 노래를 부르지
부르며, 부르며 날아가지

사람들은 지름길을 찾지
곧잘 차려입고 몸을 숨기지
미심쩍은 사람들은 기록을 뒤적이지
떨리는 손으로 기록한 역사는
고장 난 레코드, 제자리만 맴돌지

잃어버린 본성이 그리운 사람들은
바벨론의 강가에서 시온을 노래하지
눈이 벌건 사람들은

내 안에 길을 두고 산 너머로 떠나지
뒤를 돌아보지만 길은 지워지고
탄식하며 가슴을 치지
예술은 더욱 그리워지려는 것
과장된 위로를 찾아 해매지
슬픈 짐승처럼 울부짖지

새들의 날개는 자유롭고
새들의 노래는 하늘 끝에 파랗지

나무여, 바위여, 낙엽이여!

나무여! 그대는 무엇이 간절하여
종일 하늘로 우러르고 있는가?

바위여! 그대는 무슨 비밀이 그렇게 많아서
문을 닫아걸고 천만년 침묵을 견디고 있는가?

고드름이여! 그대는 무슨 한이 많아서
마음을 꽁꽁 얼리고 허공에서 칼을 갈고 있는가?

낙엽이여! 그대는 무슨 슬픔이 많아서
정처 없이 바람의 길을 떠돌고 있는가?

별이여! 잊지 못할 사연은 무엇이기에
밤이 새도록 깜박이고 있는가?

산이여! 그대는 누구를 위하여
그렇게 무거운 짐을 지고 끙끙대는가?

강물이여! 그대는 무슨 고민이 그리 많아서

생각의 끝을 끌고 끝없이 흐르고만 있는가?

바다여! 그대는 무슨 회한이 그렇게 많아서
부서져라, 부서져라! 가슴을 치며 울부짖는가?

세상을 품은 하늘은 하늘을 다 풀어놓는데
웬 그리움으로 너는 노을 앞에 하염없는가?

놓친다는 것

제주시에서 술을 마시다가 막차를 놓치고 그는
심심치 않게 네댓 시간을 걸어서 집에 오곤 했다
그렇게 자꾸 버스를 놓쳤다
표류하는 배 같았다
말똥가리는 온몸으로 내리꽂혀
날아가는 생의 순간을 움킨다
시간도 기회도 충분하였지만
그는 말똥가리처럼 살지 못했다
소리치는 거리, 사람들의 눈빛 뒤에서
세상은 너무 넓고 두려웠다
세상은 그런 거라고
환경은 내 탓이 아니라고
밤마다 꿈을 꾸었다, 개꿈이다
그의 개꿈이 현실이 되었다면
그 무게에 짓눌려서
그의 지금은 없을 것이었다
더러는 놓치고 살아도 좋을 일
부러 놓치기도 하면서, 슬픈 일이지만
그 많은 후회가 그의 오늘을 조율하였다

그는 미끈한 시인도 화가도 못되지만
몰입과 사유는 조각가의 정과 망치
뒤에서 천천히 걸어가면서
앞선 자들이 놓친 낱낱을 본다
돌아온 탕자가 회개할 것 없는 아들보다
아버지의 큰 기쁨이 되었다는 것은
그가 위로 받는 유일한 역설이다
막걸리 한 잔에 천하를 얻은 듯이 그는
지금도 개꿈을 꾸는 자신을 사랑한다
하나님은 그 아닌 그를 만들지 않았기에
그가 세상의 존재 이유가 된다
그의 뜰 감나무에서 노래하는 새는
한 번도 파랑새인 적이 없지만
이 겨울 메마른 가지에서
바람에 떨면서 노래하는 직박구리는
파랑새가 아니어서 형제만 같다

망명자

어느 별에서
별똥별처럼 떨어졌을까
밤마다 땀을 흘리며
그리움을 따라 헤매다 온다

낡은 길 익숙한 풍경인데
낯설고 서투르다
우두커니 서서
사방을 두리번거린다

날 저물어
일찍 나온 별 하나
글썽이는 기억의 저편
그리움이 머무는 곳으로
오늘도 길을 떠나고 있다

종점

270번 버스는

제주대학과 애월을 오가는 유일한 노선이다

정기적으로 대학병원을 찾아야 하는 내게는 고마운 일

출발 시간과 도착지가 확실한 버스는 행복하다

고뇌도 없이 무장 달리기만 하면 되지만

병원을 오가는 4~50분에 내가 다 지나갈 것이다

종점에 내려서 우두커니 하늘을 본다

사람들은 서둘러 걸음을 재촉하고

종점이 시점이 되는 것은 묘하다

후회하면서 다시 시작하면

후회 없는 인생이 될까

돌아가는 길은 돌아보는 길

종점에 서면 왜 쓸쓸해지는가

한낮 햇살이 좋더니 별빛이 쏟아진다

오늘도 덤으로 내리신 하루

한 줌 바람이 이마에 산뜻하다

고내오름 오르는 길은

줄곧 걸어온 길이
저 멀리 가물거리고
언덕을 몇 개를 더 오르면
내일, 너를 만날 수 있을까

새벽을 걸어
날마다 오름을 오르면서
산마루에서 숨 한 번 돌려 쉬고
오를수록 빈 하늘이 무겁다

남녘으로 유순한 능선 따라
먼저 떠난 자들의 총총한 무덤들
무슨 할 말이 그리 많으신지
잠들지 못한 사연들이 빵빵하다

산정에 서면
처음처럼 신선한 바람과
시야 가득 열리는 하늘
동녘을 태우며 오르는 해

아침을 여는 새들이 맑다.

한 아름 하늘을 품고
터덜터덜 내려오는 길
수평선은 완고하고
밤샘 조업으로 고단한 불빛들
만성피로를 싣고 귀항하고 있다.
오늘도 만선기는 할 일이 없다.

끝없는 연주

숲에서는 귀를 열어놓고 잠잠할 일이다
풀잎 새에서 풀잎으로나 흔들릴 일이다

하늘이 흐르고
바람이 흐르고
강물이 흐르고

숲을 연주하는 오케스트라
지휘자는 보이지 않고
저마다 제 색깔과 제 곡조로
시작도 끝도 없이 흐르고 있다

햇살 쏟아지는 금빛 트럼펫과
바람을 뜯어 지치는 현의 흐느낌
들판을 재우쳐 가는 억새의 출렁임과
풀잎 끝에 새벽이슬의 눈부심
숲은 태초의 묵시로 깊어지고,
뭇 생명은 그 깊음으로 노래한다
산속을 깨뜨리는 딱따구리의 목탁 소리와

탁란, 그 엇사랑을 슬퍼하는 뻐꾸기와
숲을 끌고 가는 휘파람새의 청량한 휘파람과
천방지축 송아지를 부르는 암소의 누런 울음과
팽나무 그늘에서 모래를 뿌려대는 참새 떼거리와
계절의 끝으로 자지러드는 매미는 목이 쉬고
섬돌 밑에서 밤을 새는 귀뚜라미의
그 파란 달빛이 가슴에 젖어든다

숲에서는 귀를 열고 잠잠할 일이다
풀잎 새에서 풀잎으로나 흔들릴 일이다

제3부

내가 사랑한 여자

숲을 흐르는 물이었다
바람이 불면 잔물결 지며
흐르지 않는 듯
얕게 흐르는 물이 깊었다
슬픈 날에는 풀 같았다
는개 풀풀 풀리는 날
저만 줄줄 내리고 있었다
한 시공을 숨 쉬면서
조금도 특별하지 않게
늘 그 자리에 있을 터,
물처럼 훌쩍 떠나서
내게 단 하나뿐인 여자가 되었다
텃밭을 매면서 흥얼거리기도 하고
(노래라야 '사공의 뱃노래'지만)
TV 연속극을 보면서 웃다가 울다가
멜로물의 주인공이고 싶은 여자,
내 첫사랑 뒤끝에서 외로운 여자였다
아무래도 나는 도공이 깨어서 버린 실패작,
어린 적 아버지처럼 무정하고 서툴렀다.

개가 달을 쳐다보는 무미(無味), 그런 나를
그녀는 애초에 포기하였을 터
나도 안다, 어쩌다
술 한 잔에 물을 타서 "사랑해!" 하면
"무슨 농약 먹읍대강?"* 하면서도
분명 싫지 않은 표정이던 것을.
내의 하나도 찾아 입지 못하는 나를
"나 어서불문 어떵 살코."* 걱정하던 여자
외간남자 같던 내가 전부였던 여자
눈을 뜨자 그녀는 아무 데도 없었다.
아, 나는 그녀의 차꼬에 매인 죄수,
혼자 떠 흐르는 무인도
갈매기의 울음소리로 산다
영영 되돌릴 수 없는 세월에
하얗게 바래고 풍화된 사랑,
물로 흐른 세월이 먹보다 진하다
가슴팍에 박힌 돌멩이, 그녀는
치유를 거부하는 통증으로
내가 사랑한 여자가 되었다

물같이 흘러서, 피 같이
나를 흐르는 여자가 되었다.

* 무슨 농약 먹읍대강? : (제주어) 무슨 농약 마셨나?
* 나 어서불문 어떵 살코 : (제주어) 내가 없으면 어찌 살까.

아내의 창

종일 누워 지내는 아내
거실 소파에 앉아 멀거니 창밖을 본다
그녀의 텃밭과 감나무와 건물 사이로 좁다랗게 보이는
가로수와 신작로를 내닫는 차와 골목을 오가는 사람들,
그리고 들판, 그 너머에 먼 산과 하늘, 그녀의 풍경이다
눈을 감으면 영영 사라지기라도 한다는 듯이
석상으로 앉아 하염없이 바라보는 것이다
그녀의 아득한 곳을 보고 있는 것일까,
행복한 소녀가 날아다니는 새가 되었을까,
창을 열면 온갖 새들이 날아와 노래 부르는
그녀의 오래된 풍경을 닫으려는 것일까

아내의 오래된 간경화
원인도 모르는 체 그녀의 피는
어디론가 줄곧 새어나가고, 그때마다
간성혼수상태로 119로 실려 가기를 세 번,
이제는 차라리 평안한 얼굴이다
"누구야! 누구야! 누구야!"
저 혼자 냄비 바닥을 긁고 있을

막내가 놓아주지 않는지
소리 내어 세 번이나 부르더니
그날 오후 응급실로 이송되고,
이틀 후 그의 나라로 떠났다
"엄마, 엄마!" 아이들이 부르는 소리를 들으며
그녀는 창문의 커튼을 가만히 내렸다
고요하고 평화로웠다
하나님이 그녀를 안으셨다.

어디나 가득하다

아내를 가족 묘원에 누이고 왔다.
한 걸음도 안 되는 길이 그렇게 멀었다.
아이들은 제 사는 곳으로 가고
할 말이라도 있는 듯이 아내는
체경 앞 사진틀에 앉아서 나를 보며 웃는데
나는 무엇이 이렇게 미안하고 허한 것인가

여전히 이 방 저 방으로 꼼지락대고,
부엌에서 달그락거리는 아내
"이녁 방이라도 흐끔 치왕 안집서."*
방을 훔치며 구시렁댈 것도 같은데
이부자리만 가지런히 펴놓고 어딜 갔나

아내는 유난히 국화꽃을 좋아했다
내가 국화 삽목법을 배워서
작은 뜰에 국화가 만발하였을 때
아내는 가을 내내 행복하였다.
올해도 국화는 푸르게 자라는데
물도 안 주고 어디로 무슬* 갔나

아내는 가고 없는데
아직도 나는 이별하지 못하고 있다
체경 앞의 아내와 날마다 눈을 맞추며.
각방쓰기 이십 년에 아내의 침대에서
아내의 이불을 덮고 눈을 감았다
내 안에 가득하다.

＊이녁 방이라도 흐끔 치왕 안집서 : (제주어) 자기 방이라도 좀 치워
  서 앉아요.
＊ᄆᆞ슬 : (제주어) 마실, 나들이.

효자손

밤 아홉 시면 어김없이
서울 작은놈이 알람을 울린다
혼자 사는 늙은 애비, 냄새 날까 봐,
고독사로 매스컴을 탈까 봐 걱정인 게다
"야, 이놈아! 죽을 때 되면 어련히 전화할까,
전화비 오른다." 어스레 떨면서도 그게 고맙다
코로나 숨을 쉬면서 사람이 그립다

등이 가려울 때
아내에게 등을 돌려대면
족집게처럼 가려운 데를 긁어준다
등이 가렵지 않은데도 무장 들이댄다
내 흉계를 빤히 보면서도
"목욕 자주 헙서." 괜한 핀잔을 얹어
구석구석 부드럽게 쓸어준다
등을 통째로 맡기고 느긋이 행복하였다

이제는 효자손이 아내를 대신한다

이리저리 몸을 뒤틀며 벅벅 긁어대면서

눈물이 난다.

혼자 밥 먹기

　　김치,
　밥,　　국,
세모꼴로 단정히 앉아
나와 눈찔래*를 하잔다.

젓가락을 든 채
멀거니 보고 있노라면
한 술도 뜨기 전에
목에서 꺽꺽거린다.

에라,
국에다 밥 몇 술 말아서
후루룩 똑딱
숭늉이듯 마셔버린다.

그게 또 밥에게 미안해서
껌을 씹듯 잘근거리노라면
꾸르륵꾸르륵, 속에서
개수대에 물을 내린다

거울 앞에서 아내는
웃는 것일까, 우는 것일까

* 눈찔래 : (제주어) 소가 눈으로 겨루는 것.

샤워를 하면서

샤워하면서
하루의 긴장을 해제한다
탄력 잃은 피부에
향긋한 비누 거품이
뽀글뽀글 타고 내릴 때
문득 그녀의 부드러움이
낱낱의 세포를 깨운다
거울 앞에서 폐기된 퇴물이
치기(稚氣)스런 개구쟁이만 같다
툭, 건드리니, "왜 그래!" 한다
'그래 너도 있었지!'
한 때 앞뒤 없이 치받던
부사리* 뿔만 같더니만
빈 주머니만 남았구나
팔공산 머리를 쓸어 넘기며
이치들이 소리 내어 웃는다
그리움과 슬픔과 아픔과 사랑과
비포장도로를 끌고 오면서
푸른곰팡이가 스는 시간,

그 무화의 과정의 낱낱을
지켜보리라 한다
버텨온 믿음으로, 감사함으로

* 부사리 : 거세하지 않은 황소

나의 첫 페이지

그때 내 나이 몇이었을까
어멍*은 밭에 갔을까
형도 누나도 학교 갔을까
잠에서 깨어보니 아무도 없다
볕은 과랑과랑허고
찐 고구마 하나 손에 들고
빨가벗은 채로 골목을 나설 때
지나던 동네 아주머니 호들갑스레
"아이고, 누구야! 흔저 강* 옷 입으라!
고냉이 조쟁이 타가불믄 어떵허잰?*"
함박같이 웃으며 지나갔다

그게 부적이라도 붙여야 하는
금단의 열매라도 되는 걸까
달랑 달랑
고양이가 가지고 놀기 좋은 장난감일까

오늘 새벽 눈을 뜨자 떠오른
그 까마득한 이야기

허공에 낱낱이 기록된
그 첫 페이지일까
분절* 모르고 살던,
그때가 정말 행복하였다
나의 전성기가 아니었을까.

* 어멍 : (제주어) 어머니.
* 흔저 강 : (제주어) 빨리 가서.
* 고냉이 조쟁이 타가불믄 어떵허잰? : (제주어) 고양이가 자지를 물
  고 가면 어쩌려구.
* 분절 : (제주어) 물정, 분별.

무거운 밤

무거운 밤,
새도록 물레를 돌리며
무명실을 잣는 이는 누구십니까?
새벽을 깨우던 교회 종소리와
골목 어귀에서 몰래 나를 보던 반쪽 소녀와
늙은 아들이 여전히 불안한 어머니의 눈빛과
수복한 서울 거리를 깨끼통*을 메고 떠돌던 아이
붕붕−, 물레 소리는 밤을 새우고
갈수록 삶은 미망(迷妄)을 헤매고
뼈도 삭는 시간에 폐기된 이야기를
각설이는 죽지도 않고 깡통을 두드린다

밤이 맞도록 그리움을 쫓다가
허위허위 새벽 산을 오른다
보광사의 예불은 떠도는 영들을 재우고
풀벌레들이 가는 계절을 아쉬워한다
산정에 서면 시원(始原)의 바람,
어둠을 걷어 올리는 바닷바람이 싸하다
저 아래 갯마을에 노곤한 불빛들이 졸고

파도는 지칠 줄을 모르는데, 오늘은
해보다 먼저 해를 품으려 한다.

* 께끼통 : 아이스케이크를 당시에는 '께끼'라고 했다.

양말

오일장에서 아내가
싸구려 양말을 고르면서
내 것은 비싼 것을 고를 때
아내를 뿌리치고 열 켤레에 삼천 원 하는
싸구려를 오늘까지 신고 다닌다
아내는 떠나고 그 질긴 양말도 빵꾸가 나고.
오일장에서 싸구려 양말을 손에 들자
괜스레 눈물이 나려 한다
주변머리 없는 나를 등에 지고
소처럼 걸어온 발이 가여워서
무늬가 있는 비싼 양말을 골랐다
아침에 발을 씻고 양말을 신으면서
슬쩍 아내를 보니 미소를 짓고 있다
이제 길이 멀지 않다
마른 데로만 골라 다니거라
절뚝거리는 나의 짐꾼아!

오막살이

어머니!
그 집이 그립습니다

네 오뉘가 오글거리던 집
늘 갈매기 울음소리가 살던
바닷가 우리 집이 그립습니다.
저녁이면 온 식구가 둘러앉아
제비 새끼처럼 재재거리며
양푼 하나 가득 퍼 온 보리밥
허겁지겁 배를 채우고 곯아떨어지면
온 밤을 파도 소리만 설레던 집

어머니!
그 집이 그립습니다.

제4부

?, 통일

패거리 정치
패거리 컬처
패거리 의료
패거리 시비(是非)

사통팔달
서울의 거리는
패거리

꽉 막힌 하수구

어떤 정의(正義)

한낮에 등불을 들고
그가 정의를 외칠 때
사람들은 구세주를 만난 듯
거리로 뛰쳐나와 환호하였다

그의 이마에 정사각형은
햇살처럼 눈부시고
그의 '공정과 평등과 정의'는
범할 수 없는 사원이었다

이윽고 잠시 빌려온
디오게네스의 등불이 꺼지자
사람들은 이상한 어둠 속에서 길을 잃었다
그의 이마에 금빛 정사각형을 두고
초등학생들은 정사각형이 아니라고 한다

누구를 위한
초현실적 정의인지, 그의
'한 번도 경험해보지 못한 세상'을

드디어 의심하기 시작하더니 사람들은
'나폴레옹의 정의'*를 떠올리며
하나 둘, 고개를 저으며 돌아섰다.

산성 위에 높이 서서, 그는
여전히 꽹과리를 울리지만
사이비 교주의 허언인 듯
다리에 힘이 쭉 빠졌다.

* 나폴레옹의 정의 : 영국의 풍자소설『동물 농장』에서.

법

신은 인간에게
자유라는 날개를 달아주고
하늘과 땅 사이에
수평선을 그어놓았다

인간이
선을 넘는 순간
에덴은 폐쇄되고
죽음의 들판으로 내몰렸다

죄의 족쇄를 풀려고
법을 만들고, 인간은
위대한 이성,
인간 승리를 자축하였다

법은 수단으로 전락하고
죄보다 강한 것은 없다

시간은 쉬지 않고

맹목의 과학기술이
바벨탑을 완성하는 날
최후 심판의 날이 될 것이다

이상한 늪

그가 둑을 쌓은 후
흐름이 끊긴 늪이 되었다
팔딱이던 것들은 침전되고
악취와 가스의 분출로 시야가 뿌옇다.
원색의 꽃들은 강렬하였으나
벌도 나비도 날아오지 않았다
비라도 부슬거릴라치면
늪에는 웬 주검들이 둥둥 떠다니고
성폭력도 뻥키칠*을 하면 예술이 되는가
지킬 박사의 현신인지 천의 얼굴로
그만의 법전에서 아니면 죄가 아니다.
그는 핍박받는 혁명가, 홍위병에 둘러싸여
그에게 죄를 묻는 자는 돌무더기가 되리라.
땅을 쿵쿵 울리며 민주주의 팻말을 흔들지만
이제 그를 믿는 사람은 없다.
사람들은 점점 지쳐가고, 이 나라에
무슨 끔찍한 일이 일어날 것만 같다.

* 뻥키칠 : 페인트칠. 일본어에서 유래한 토속어.

무성한 입

그것은
무성한 동굴

끝없이
마른 바람이 불어나와

숲은 마르고
땅 위에 구르는 정의여

열흘이 되어도
가화(假花)는 지지 않고

무성한 동굴에서, 그는
기념 화석을 새기고 있는가

돌멩이 2

"앙—" 울면서
몽고반점 같은 돌멩이 하나
손에 꼭 쥐고 나왔지
밤마다 울어대는 고양이처럼, 그 돌멩이
주머니 안에서 늘 울어대었지
연못가에서 개구리에게 던지고
둥개*에서 물수제비를 튕기고
또 누구에게 바르르 떨고 있다
저 간음한 여인에게
소리치며 뿌리고 싶다

청년은 왜 가슴이 뜨거운 것인가
돌멩이는 왜 뛰쳐나가고 싶은가
손이 부르르 떨리는 순간,
"죄 없는 사람이 먼저 치시오."
내 손을 잡아채는 이 누구신가
먼 길 절뚝거리면서
끝내 던지지 못한 돌멩이
가을 양지 바른 섬돌 위에서

고양이처럼 늘어져 자고 있다

그 잠 깨우지 않으려고

요동치는 세상, 질끈 눈을 감는다.

* 동개 : 동쪽에 있는 개(물가).

돈아

돈아,
하늘에 오른 돈아
시샘과 분노와 탐욕으로
눈이 벌건 세상을
어쩌려는가?

돈아,
이 불편한 심기는 순전히
내게 돈이 없기 때문이지만
개 같은 돈아
같잖은 자에게는 마구 뿌리면서
나는 목구멍에 풀칠이나 하라는가

'어이, 너!
네가 재벌이면, 지금
어떤 본새일까?'

하뿔사
오오 하나님, 제게는

굶어죽지 않을 만큼만 허락하심이
백번 지당하십니다. 아멘

열려라 참깨

아랫배는 빵빵하고
불안한 변기는
도무지 열릴 기미가 없다
끙끙거리다가, 번쩍 떠오른
40인의 도적이 우두두 달려 나온다
그적 장난기로
"열려라, 참깨!" 했더니
'깜빡' 윙크를 하는 게 아닌가
"열려라, 참깨!" 소리쳤더니
이번엔 배시시 웃는 거다, 그 더욱
아랫배에 힘을 주고 죽을힘으로
"열려라, 참깨!" 했더니
한참을 빠지직거리더니
스르르 문이 열리는 게 아닌가.
하늘이 환하였다

요즘 거리에 널린 게 박사들이고
클릭 한 번에 만사형통인 세상에
좌충우돌, 죽자 사자,

꽉 막힌 세상

"열려라, 참깨!" 하면

스르르 풀릴 것을

나무들은

산을 오르다 보면
바위도 면벽참선에 들고
나무도 철학을 하는지
고내오름 삼백 년 되었다는 노송은
온몸에 푸른 담쟁이를 두르고 서서
"너 자신을 알아라!" 하는데
'세상, 철모르는 늙은이' 속으로 웃었지만
어르신 말이라 "잘 알겠습니다." 하였더니
우─우─ 누런 송화를 은전처럼 내리시는데
괜히 숙연하여지기도 하고
우리 동내 터줏대감 팽나무는
그 험하다는 타클라마칸을 건너왔는지
어느 한 군데 성한 데 없이
멍쿠쟁이* 도사로 눈 감고 앉아서
사람들이 들고 오는 사연들을
가타부타 없이 조용히 듣고만 있는데
'참, 용타!'며 지전을 듬뿍듬뿍 걸어놓고 간다.
햇빛 쨍쨍한 날 오한은 뼛속을 쑤시는데

나무들은 인생무상 참회라도 하시는지
삼백육십오일 하늘로 묵묵하시다

* 멍쿠쟁이 : (제주어) 나무의 상처가 아문 자국.

거미줄

다만 기다릴 뿐
운둔자는 보이지 않고
자유분방한 고추잠자리
사랑이 길을 잃을 때
운둔자의 고독이 출렁거렸다

고내봉 오르는 구비마다
생명을 겨냥한 어둠이 엎드려 있다
내 옆에 걸어가던 친구
어느 날 보이지 않았다

내일은 끝내 오지 않고
삶은 파닥일수록
끈끈하게 조여 오고

비가 개고
거미줄마다 대롱대롱
영롱한 이슬방울들
할 말이 많은 영혼들이다

공짜에 대하여

은밀하게 건네는 것들은
포장지가 화려할수록
치명적일 때가 많다

세상의 모든 공짜는
음계(陰計)의 독이 묻어 있고,

햇빛 공기 물
날마다 거저 받는 생명을
감사하는 이는 많지 않다

어쩌나, 나는
공짜를 너무 좋아하는데
하나님의 사랑이 그렇다

제5부

코스모스

서녘으로 설핏한 햇살
담벼락에 따스하다
커피가 식어가는 창가에
가을이 서운히 깊어간다

새파란 하늘에 눈물이 고이고
억새 하얀 들판을 쓸어간다
전봇줄에 몸을 비비는 제비 가족
마지막 기항지의 밤은 설레고
먼지 풀썩이는 길가에
코스모스 몇 낱이 하늘거린다

한 장 남은 달력이 허전하다
누렇게 빛바랜 가족사진 속에
지워지지 않는 시간이 깜빡인다
오랜 상처를 만지듯 바라보는
끝물 코스모스 같은 사랑이 있다

가다가 문득

가다가 문득
돌아보면
어린 날의 방울새가
뒤꼍 감나무에서 노래하고

저만치 쓸쓸한 거리에서
교회 종소리가 들려오고
까무잡잡한 동그란 소녀
첫 키스를 돌려달라며
하얗게 웃고 있다

그리운 날 아련히
초가집 저녁연기가 피어오르고
나보다 젊은 어머니
긴 골목 어귀에 나와서
머리 허연 아들을 기다리신다

가다가 문득
휑한 바람이 부는 날

거울 앞에 서면 더욱 서러워
여린 마누라 차마 오셨는가
부엌에서 달그락거리신다

오늘도 덩그러니
마음 붙일 곳 없는 허공에
덤으로 내리신 하루
그 더욱 쪼개어서
한 보름치로 살아라 하신다.

나무의 사랑

나무의 사랑은
기다림이라 한다

바람이 부는 날 벚나무는
분홍 꽃잎을 분분히 날리며
우우 – 소리 죽여 울고 있었는데
아, 그때 사랑을 하고 있었을까

새소리. 귀뚜라미
숲을 떠도는 바람 소리
새벽 이슬의 반짝임
바스락거리는 나뭇잎들

봄 햇살 화창한 밤
와르르 나온 별빛
소나기를 뿌릴 때
나무는 살랑살랑
세레나데를 흥얼대었다

비가 오는 날
검은 너울을 쓰고
줄줄 내리는 나무들,
사랑은 기다림이라고
여름이 가고
가을이 붉게 타고 있었다.

질경이

길가에 질경이 되리
질경이 사랑을 하리

외딴 길가
아무 발에나 밟히면서
네 아픔, 내 아픔
푸르게 껴안고

길가에 질경이 되리
질경이 사랑을 하리

기약도 없이, 행여
임 오시는 날
분홍도 빨강도 아닌
녹색 꽃인들, 이 하나로
나를 다 드리리라

행복 2

행복은
때때로 젖어오는 옛날
뜬금없이 떠오르는 미소
먼 제자의 소식 한 통
무선으로 물 건너오는 손녀
늙은 마누라 미인이라며
싱거운 박장대소
이끼 낀 우정, 한 잔의 대화

행복은 화선지에
꽃처럼 번지는 그리움
눈시울 적시는 흰 구름 한 점
그 바닷가의 무언의 대화
새벽 산길에 벌레들의 합창
눈을 이고 선 백록담의 눈부심
가슴 시린 시 한 편

나의 길, 나의 노래

허공 4
— 사랑

사랑을 만질 수 있나
나뭇잎 새로 싱그러운 햇살과
네 흔들림 사이로 내가 쓸쓸하고
눈을 감고서야 사랑을 만질 수 있었네

저 투명,
유려한 선으로
하늘 산 바다
다 그려놓았네

그로 하여
나무는 나무가 되고
딱정벌레의 금빛 날개와
꽃은 꽃으로 피어나고
뭇 생명 위로 해와 달은
빛나고 있네

하염없이 무량하여
스스로 빛나는 모든 것들

비로소 우주를 완성하였네

다만 저는 없음으로 가득하여

나무에 기대어서

나무에 기대어서
나무처럼 생각하고
나무처럼 바라보고
나무의 사랑을 하고 싶습니다

나무가 되어
당신의 슬픔과
당신의 아픔으로
흔들리고 싶습니다

말끄러미 보고 있노라면
어느새 당신의 눈 속에
내가 있어, 당신의 눈으로
이윽히 나를 바라봅니다

이제 알겠습니다, 당신은
얼마나 나에게로 들어오고 싶어 했는지
나는 얼마나 무심한 돌부처였는지
나로 하여 얼마나 슬프고 아팠는지

나무가 되어
나무로 흔들리면서
비로소 알았습니다
당신에게 들어가는 길을
손을 잡고 함께 우는 법을

나무들은 다만

나무들은 다만
제 곁을 내어서
서로 어깨를 겯고 함께
하늘을 바라본다는 것이다

나무들은
살랑살랑 흔들면서
틈새를 열어 어린 것들에게
햇빛을 열어준다는 것이다

너와 나로 사는 것은
서로의 곁을 지키는 것
사랑한다는 것은
한없이 바라보는 것

어느 바람 몹시 불던 날
휘어지며, 휘어지며
바람을 막고 버티어 서서
여린 풀잎은 푸르게 자라고

새들은 즐거이 노래하였다

나무의 사랑은
제자리에 굳게 서서
바라볼 때 아름다운 것
함께 하늘을 열어가는 것이라 한다.

너의 모습은

어느 날 너는
연필로 그린 섬세한 눈빛
가을 산 청량한 메아리
일기장에 간직한 은행잎
처음인 듯 수줍은 미소

하나님의 모습이라 했는데

어느 날 너는
유리 조각의 싸늘한 눈빛
돌아오지 않는 메아리
눈을 감은 초상화
'김치' 하는 어설픈 미소

하나님의 모습이라 했는데

이별에 대하여

이별은 아가의
첫울음이었다.

아침에 집을 나서듯
술 한 잔에 껄껄대던 친구도 가고
어머니 아버지, 애달픈 나의 첫사랑이며,
사철 종종대던 아내도 훌쩍 떠나고
바람 부는 바닷가에 혼자 서 있다.

팔랑팔랑 나부끼는
삶의 바다에서 이별은
풀잎 끝에 떨리고
민들레 날아간 산 너머로
그리움은 뻐꾸기 소리를 끌고 간다

대지는 여전히 푸르고
아가의 첫울음으로 떠나온
나의 사랑과 나의 고향
나의 그리움을 다하여
이별을 걸어가야 한다.

사랑 2

바닷가에서 보았네
일렁이며, 일렁이며 달려와
치솟는 하얀 불기둥
오오, 황홀한 함몰
하늘로 소리치는 환희

그리고 또 보았네
저 끝에서 저 끝까지
품어 안은 바다
부서져서 빛나는 윤슬
뜨거운 슬픔
사랑이여

제 6 부

춘정

봄 햇살
나른한 들판에

졸고 있는 조랑말
시커먼 팔뚝을 꺼덕거린다

끄응, 고내오름이
무거운 몸을 고쳐 앉고

삼백 년 늙은 소나무
채신머리없이
누런 송화를 방뇨하고

산벚나무 흐드러져
분홍 꽃잎 분분할 때

빙글빙글
하늘이 노랗게
어질머리한다.

파란 꽃

오며가며
무심하였네

외딴길 풀숲에 숨어
너무 작아서 슬픈 꽃

바람이 지나가고
나비도 스쳐가고

숨겨진 평화
소곤대는 사랑

무릎 꿇고서 보았네
몰래 반짝이는 별들

달맞이꽃

종일 그리움을 앓다가
동산에 달이 오르면
홀로 피는 달빛 한 송이

그대의 창가에
애달픈 연가여

세상은 잠이 들고
보름달 찰랑일 때에
장독대 정화수에 내리는
달빛 한 송이

어머니의 가슴이 환하여라

귀뚜라미 고적한 그믐밤
천지에 불빛 하나 없어도
그대 가슴에서 피는
달빛 한 송이

사랑은 슬프지 않아라

내도 바닷가에서

깊은 밤
내도 바닷가에 서면

사르륵 사르륵

물밀어 오는 소리
물밀어 가는 소리

까마득한 날
길을 떠나
몇 겁을 굴려오는
몽돌의 노래

사르륵 사르륵

잠 못 드는 수많은 밤
깎고 다듬어서
품어 안은 새알 하나

꿈에 그리던
하늘 높이
날아오르려나.

즐거운 허밍

두어 평 텃밭에
무 배추 상추, 씨를 뿌리고
토닥토닥 정성을 덮었으니
한겨울이 푸를 것이다

동짓달 긴긴 밤 별빛 내리고
반짝 여우햇살 분 바르고 가면
바람(볕)인 듯, 바람인 듯
허밍, 즐거운 허밍

파릇파릇,
노란 숨소리
투명한 눈금으로
키를 재는 즐거운 허밍

보이지 않아도
들리지 않아도, 철철
멀고 먼 강물이 흐르는
허밍 즐거운 허밍

가을엔 2

가을엔
가을에 물들게 하소서

슬픈 사람
외로운 사람
고달픈 사람

빨강 주황 노랑
물색 곱게 들게 하소서

교회 뒤 지붕 낮은 집
동그란 소녀 일기장에
고이 간직한 빨간 단풍잎

손주 업고
공원 벤치에 앉은 그 소녀
손바닥에 은행잎 하나
살짝 붉히는 미소이게 하소서.

창에 드리운 햇살은 환하고

시월의 빛
창문에 길게 드리울 때
일제히 일어나 부유하는
오래 묵은 것들이 환하다

먼왓 출렁이는 조밭에
참새 떼거리 뿌려대는
잊었던 풍경 속으로
어머니가 보고 싶다

햇살이 누런 들녘에
허수아비의 십자가가 고달프다
졸음 겨운 오솔길에
불을 지르는 아지랑이
문득, 네가 보고 싶구나

깊어가는 계절
나무들은 맨몸으로 서고
풀벌레의 열정을 들으며

산 밑에 이르러
눈물이 나고나

수줍은 봄

어떻게 알았을까

배추흰나비

섬돌 밑 그늘

노란 민들레

수줍은 봄

복사꽃

꿩, 꿩!

한적한
들녘

초가집 울타리에
복사꽃이 화사하다

섬

그 섬
언제나 있다

빈 둥지에
미련 몇 낱
바람에 날리고

수평선의 고독
그리움이
파도치는 밤

등대를 높이 들고
무적(霧笛)은 울어

섬은
떠날 수 없다

산길을 가다가

한낮
나무들은 꿈을 꾸고

시간이 멎은 숲길에

"푸드득, 꺼꺼꺼껑껑!!"

온 산을 깨뜨리는 장끼

순간, 숲은
천길 물속에 들고

화들짝 깨어지는
그리운 사람들

수석(水石) 1

어느 곡(谷)
어느 강을 구르면서
수석이 되었나

천둥 벼락 치던 밤
구름 높은 산을 떠날 때
버릴 것은 다 버렸다

별빛으로 눈을 닦고
이슬을 먹으며 살면
부처가 되는가

가만히 보니 산이다
새소리 청아하고
흰 구름이 한가롭다

물소리, 바람 소리
득도의 먼 길에
뼛속까지 하얗게 벗기고
까만 수석이 되었나

외로움의 시학

박덕규(문학평론가 · 단국대 교수)

1. 고독한 존재로서

　인간은 외롭다. 일찍이 '외로우니까 사람이다'라고 했고, '그대가 곁에 있어도 나는 그대가 그립다'라고도 했다. 인간은 본질적으로 외로운 존재인 것이다. 실존주의에서는 인간은 '이 세계에 이유 없이 던져진 존재'로서 '스스로 존재의 의미를 찾는 데'서부터 '고립'을 겪는 거라 했다. 어떤 사람이건 아무도 대신 살아줄 이 없으며, 근본적으로는 타인에게 이해받기도 불가능한 고립된 존재가 바로 인간이라는 얘기다. 헤겔은 인간을 '나는 나다'라는 '자기 인식을 가진 존재'라고 설명하면서 이때 '자기 인식'은 '타자'를 통해서만 완성된다 했다. 그런데 타자와 나는 서로 온전히 이해할 수 없는 모순 때문에 역시 외로움을 느낄 수밖에 없다고 했다. 불교적 관점에서는 모든 존재가 '무상(無常)'하고 '무아(無我)'이므로 '나'라는 실체 또한 없는 건데 '변하지 않는 나', '영원한 나', '더 나은 나'를 바라면서 고독해지는 거라 했다.

　인간은 외롭다. 인간은 존재 자체로 고독한 운명을 타고났다.

137

타인과의 관계를 갈망하면서도 실제로는 완전히 하나 될 수 없고, 그러면서도 안정된 연결을 기대하고 살기 때문에 고독할 수밖에 없다. 현대사회는 더욱 그렇다. 인간은 갈수록 자기중심적으로 행동하며 타자와 관계 맺음을 거부하는 경향을 보이기 때문에 외로움은 더욱 심화되고 있다는 것이 정설이다. 그러나 인간은 인간이기 때문에 지치지 않고 그 외로움을 견디고 이기려는 다양한 노력을 감행한다. 그 첫 번째가 '사랑을 통한 관계 맺기'이다. 이는 에리히 프롬이 말한 바 '사랑은 외로움을 극복하려는 인간의 궁극적 노력'이다. 사랑은 단순한 감정이 아니라 '다른 존재를 진정으로 이해하고 존중하려는 능동적인 행위'인 것이다. 하이데거도 인간은 '타자와의 만남을 통해 존재의 의미를 열어갈 수 있다'고 했다. 인간은 이렇듯 사랑이라는 것을 매개로 인간 관계 속에서 스스로를 잃지 않으려고 애쓰면서 타인과 함께 존재하려는 시도를 계속한다.

이에 반해 니체는 인간에게 외로움이란 없애야 할 대상이 아니라 그것을 넘어서면서 자신을 초월하는 동력으로 삼는 것이라고 설명했다. '인간은 고독을 통해 스스로를 단련하고 기존의 가치와 세계를 넘어 초인으로 나아가야 한다'는 것이다. 또한 키르케고르는 인간은 외로움을 회피하지 않고 정면으로 마주하고 절망과 고독을 더욱 실존적으로 경험하면서 신 또는 절대자와 직접적인 관계 맺음을 하게 된다고 했다. 종교적 관점에서 보면 이 외로움은 신 앞에서 사랑과 긍정의 힘으로 치환되는 것이라 할 수 있다. 한편, 인간은 외로움을 피하기 위해 '공동의 세계'를 만들어 함께 활동하기도 한다. 마르크스는 노동과 공동체 활동을 통해 외로움을 극복할 수 있다고 했고, 한나 아렌트는 인간은 '행동'을 통해 자신의 존재를 드러내고 타인과 함께 공통된 세계를 구성하는 거라고 설명하고 있다.

인간은 외롭다. 근본적으로 외롭고 궁극적으로 외롭다. 그러나 인간은 외로움을 극복하려고 사랑을 통해 타자와 관계 맺음을 시도하거나, 자기 자신을 초월하거나, 타자와 더불어 함께 세계를 창조하려는 노력을 기울인다. 이 과정에서도 완전한 극복은 어렵다. 그것이 어렵지만 인간은 그 과정을 통해 더 깊은 존재로 나아간다.

2. 바닷가에 홀로 선 시

김종호의 시는 외로움에서 비롯되고 외로움 속에서 절망하며 외로움 속에서 깊어진다. 그것은 무엇보다 김종호가 살아온 자연환경과 관련이 깊은 것으로 보인다. 김종호는 제주 애월에서 살고 있다. 특정 시기 제주를 떠난 적이 있기는 하지만 제주에서 자라고 산 세월이 대부분이다. 아시다시피 제주는 바다로 에워싸인 섬이다. 바다는 해안에서 수평선에 이르기까지 대개 일망무제(一望無際)다. 제주에 산다는 것은 일망무제한 바다와 더불어 산다는 뜻이기도 하다. 김종호의 시에 바다가 그득한 것은 너무도 당연하다.

> 바다에 무슨 일일까
> 수백수천의 야생마들
> 함성을 지르며
> 내닫는 소리, 소리……
>
> ─「바닷물소리」 부분

물밀어 오는 소리
물밀어 가는 소리

까마득한 날
길을 떠나
몇 겁을 굴려오는
몽돌의 노래

　　　　　　　　　—「내도 바닷가에서」 부분

바닷가에서 보았네
일렁이며, 일렁이며 달려와
치솟는 하얀 불기둥
오오, 황홀한 함몰
하늘로 소리치는 환희

　　　　　　　　　　—「사랑 2」 부분

　바다의 조화는 무궁무진하다. 소리도 형상도 다양하다. 밀려가고 밀려가는 물 사이에 함성도 있고 속삭임도 있으며, 자유를 상징하는 비상도 있으며, 그러나 영원히 가볼 수 없는 '너머'의 세계도 품고 있다. 김종호는 그런 데서 살았다. 파도에 씻기는 몽돌 소리에서 몇 겁의 시간을 듣기도 했다. 파도의 함성은 고독한 외침이었고, 그 속에 때로 치솟는 황홀한 불기둥은 곧 함몰의 다른 모습이기도 했다. 거기 '나'가 있었다. 그러나 '나' 아닌 '타자'는 있기 어려웠다. 몽돌 소리나 파도 소리나 온갖 물길의 조화는 '나'와 관계 맺음을 이루지 못했다. 김종호의 제주에서의 삶은 평생 외로움과 더불어 한 것이었다. 게다가 가정적인 환경도 그러했다.

이별은 아가의
첫울음이었다.

아침에 집을 나서듯
술 한 잔에 껄껄대던 친구도 가고
어머니 아버지, 애달픈 나의 첫사랑이며,
사철 종종대던 아내도 훌쩍 떠나고
바람 부는 바닷가에 혼자 서 있다.

팔랑팔랑 나부끼는
삶의 바다에서 이별은
풀잎 끝에 떨리고
민들레 날아간 산 너머로
그리움은 뻐꾸기 소리를 끌고 간다

대지는 여전히 푸르고
아가의 첫울음으로 떠나온
나의 사랑과 나의 고향
나의 그리움을 다하여
이별을 걸어가야 한다.

— 「이별에 대하여」 전문

　김종호는 부모와 형제 다수와 이른 작별을 고했다. 첫사랑과도
그러했고, 이제는 오래 함께 살아온 아내도, 그리고 "술 한 잔에
껄껄대던 친구"도 떠나보낸 처지다. 살아오면서 이토록 많은 떠나
보냄을 겪은 이에게 외로움은 곧 그 본질일 수밖에 없다. 아가의
첫울음을 세상과의 만남이라 하지 않고 '이별'이라고 말하는 천연
스러움은 이런 이유에서다. 때로 그 추억은 '행복'이자 '전성기'로

기억되기도 한다(「나의 첫 페이지」). 김종호는 말한다. "나의 사랑 나의 고향 나의 그리움을 다하여 이별을 걸어가야 한다"고. 이는 그 스스로는 물론 아무도 채우지 못하는 절대 고독의 경지다. 김종호의 시는 "바람 부는 바닷가에 홀로 서 있"는 시다.

3. 자연과의 교감으로

인간은 근본적으로 외롭고 궁극적으로 외롭다. 그러나 인간은 이 외로움을 견디고 이기려는 다채로운 노력을 통해 시간을 견디고 존재를 지킨다. 김종호의 시에서 외로움은 곧 그리움의 진원지다. 그리움은 사랑하는 대상을 필요로 한다. 그 대상은 물론 사람일 수도 있고 자연일 수도 있으며 보이지 않는 미지의 것일 수도 있다. 위 시 「이별에 대하여」에서도 보듯이 김종호의 시에서 근원적인 외로움은 곧 "나의 사랑과 나의 고향, 나의 그리움"을 수반한다. 역시 위 시 「사랑 2」에서 보듯이 "저 끝에서 저 끝까지" 바다를 품은 채 "뜨거운 슬픔/사랑이여"를 외친다.

김종호 시에는 제주 곳곳의 풍광이 친숙하게 스며 있다. 자신에게 외로움을 선사한 자연환경이지만 도리어 그 외로움을 그리움으로 치환함으로써 더 깊은 정서에 가 닿고 있는 것이다. "무한 고독을 건너는 새들은/쉬지 않고 노래를 부르지"(「새소리 9」)에서처럼 김종호는 외로움을 느낄수록 쉬지 않고 그리운 이들을 불러들인다.

어느 별에서
별똥별처럼 떨어졌을까

밤마다 땀을 흘리며
그리움을 따라 헤매다 온다

낡은 길 익숙한 풍경인데
낯설고 서투르다
우두커니 서서
사방을 두리번거린다

날 저물어
일찍 나온 별 하나
글썽이는 기억의 저편
그리움이 머무는 곳으로
오늘도 길을 떠나고 있다

—「망명자」 전문

　밤하늘, 혼자 떨어진 별이 있다. 늘 있던 자리에 있는 것이니 그 별이 특별히 낯설거나 서툴게 배치되어 있을 리 없다. 문제는 그걸 바라보는 사람의 마음에 있다. 그 사람은 지금 혼자 떨어진 별을 "별똥별처럼 떨어"진 것으로 이해한다. 밤마다 누군가를 그리워하며 흘러온 것이라 생각한다. 말하자면 그 별은 실제의 별이라기보다 그것을 바라보는 사람의 심상인 셈이다. 그 사람은 시적 자아, 김종호다. 김종호는 밤하늘을 보면서 "글썽이는 기억의 저편/그리움이 머무는 곳"을 찾고 있는 것이다. 김종호의 시는 깊은 외로움 속에서 그리움을 찾는 시다. 이때 제주의 풍광들은 사랑과 위안의 대상으로 그 그리움을 채운다.

　햇살 쏟아지는 금빛 트럼펫과

바람을 뜯어 지치는 현의 흐느낌
들판을 재우쳐 가는 억새의 출렁임과
풀잎 끝에 새벽이슬의 눈부심
숲은 태초의 묵시로 깊어지고,
뭇 생명은 그 깊음으로 노래한다

─「끝없는 연주」 부분

제주의 숲에서 듣는 소리다. 아무리 문명화된 세계라 해도 제주는 자연의 움직임이 그대로 살아 있는 섬이다. 섬 전체를 바다가 에워쌌다면 내륙 곳곳은 오름이 있고 숲이 있다. 그 숲이 주는 생명력은 크고 위대하다. 지친 생활인의 일상을 감싸주고도 남음이 있다. 김종호는 그 숲에서 위안으로 얻고 치유를 받는다. 고내오름 산정에서 신선한 바람을 처음처럼 맞으며 시야 가득 열리는 하늘을 맞는다(「고내오름 오르는 것은」). 그 고내오름에서 "거미줄마다 대롱대롱/영롱한 이슬방울들"을 보기도 한다(「거미줄」). 일상으로 나다니는 버스를 타고 한낮 햇살과 밤 별빛을 "덤으로 내리신 하루"로 받아들이기도 한다(「종점」). 김종호 시는 외로움을 그리움으로 치환해서 제주의 일상에서 이웃과 자연과의 교감을 통해 위안을 얻고 생기를 얻는 시다.

4. 무한 고독을 직면하다

인간은 누구나 외롭고, 그 외로움을 이기기 위해 애를 쓰지만 궁극적으로는 그러지 못한다. 그래서 니체는 외로움을 회피하지 말고 견뎌서 거듭나라 했다. 또한 키르케고르는 외로움을 회피하지 않고 정면으로 마주해 절망과 고독을 더욱 실존적으로 경험하면서 신 또는 절대자와 직접적인 관계 맺음을 하게 된다고 했다. 이는 어쩌면 김종호를, 김종호의 시를 위한 말이 아닌가 한다. 김 종호는 실제로 독실한 기독교인이기도 하거니와 외로움을 회피하지 않고 그것의 의미를 묻고 그 절망을 내재화하는 과정에서 깊은 사색에 도달해왔다. 김종호는 "어둠의 캄캄한 속에서/눈을 감고 바라보니/절망은 종다리의 알을 품고 있었다"(「벽 앞에서」)라고 했다. 스스로를 "원죄에 매인 자"요 "떠도는 디아스포라"(「제7의 벽」)라 했다. 스스로를 "육면의 독방"에 누운 "영원한 수인"(「여섯 개의 벽」) 이라 했다.

　　너를 떠나라
　　나무처럼 의연하라
　　잘그랑 잘그랑 끌고 오면서
　　한 번도 빛난 적 없는
　　시뻘건 분출을 위하여
　　얼마나 떠나고 싶었느냐
　　어항을 빙빙 도는 고양이
　　그 집요한 눈빛으로, 끝내
　　길가의 꽁초를 집어 들 때,
　　누런 손가락이 떨릴 때, 그때
　　기뻤을까, 슬펐을까, 분노했을까

　　너를 떠나라
　　떠나지 않고
　　네게로 가는 길을 모른다
　　옥죄는 연민과 집착,
　　고통과 절망도 지고 떠나라

밤마다 캔버스에
그렸다 지우고, 다시 그리는 열망
아침이 되어 텅 빈 허망은 슬프다
구원의 약속이라도 되는 듯이
줄곧 기웃거리던 것들
새처럼 할딱거리던 가슴
네 사랑이 그랬고, 네 시가 그랬다

— 「너를 떠나라」 부분

'멈추면 비로소 보인다'라는 말이 있다. 코끼리를 만지는 손으로는 코끼리의 그 부위밖에 그리지 못한다는 말도 한다. 대상 속에 있지 말고 대상으로부터 거리를 두어야 대상이 제대로 보인다. 줄곧 기웃거리느라 정작 윤곽조차 잡지 못한 그림처럼 그 대상은 허상일 뿐이다. 이 시에서 '너를 떠나라'라는 전언은 실제에 떠남에 대한 말이 아니라 "옥죄는 연민과 집착"으로서의 '너'를 떠나라는 의미다. '너'는 곧 '나'다. '나'가 바로 '연민과 집착'에 빠져 대상을 그려내지 못했다는 의미다. 그건 대상을 직면하지 않고 회피했다는 뜻이기도 하다. 외로움은 직면해야 그것을 이기는 진정한 동력이 생겨난다. 김종호의 많은 시는 그 직면에 대해 노래함으로써 깊어진다.

그윽한 네 눈 속에
진실이 글썽인다
파르르 떨리는 눈썹 끝에
슬픈 무엇인가 있다

그 숲의 그늘에

146

나를 지켜보는 눈들이 있다
알 수 없는 무엇인가
나뭇잎 새로 번뜩이고 있다

갈매기의 날개는
높은 파도 위에 자유롭고
가도 가도 그리움은 닿지 않고
수평선 너머에 무엇인가 있다

혹한과 혹서의 사막
보이지 않음을 건너는
무한 고독, 거기
무엇인가 있다

텅 빈 허공에
실시간으로 모니터링하는
거대한 무엇인가 있다
그게 두렵다

—「무엇인가 있다」 전문

　이 시의 화자는 '숲의 그늘에서 나를 보는 눈'을 보고 있다. 숲의 그늘이라 했지만 그것은 현실에서는 '보이지 않음' 속 곧 '허공'이나 다름없다. 허공은 나아가 '가도 가도 그리움은 닿지 않'은 그 자리로 확대된다. 화자는 그 허공 속에서 '무한 고독'을 읽어낸다. 그것은 '무한'이므로 '거대'할 수밖에 없다. 그 '거대한 무엇'에서 두려움을 느낀다는 것은 그것을 외면하지 않고 직시한다는 뜻이다. 화자의 외로움은 그리움을 부르고 그 그리움은 무한 고독 속에서 채워지지 않는다. 그건 두려운 일이 아닐 수 없다. 그런데 바로 그 두려움을 말하는 자리에 지정한 자아가 있다. 김종호의 시의 자아는 궁극적으로 거기에 가 닿는다. 무한 고독을 직면한 자리에서 김종호 시는 이처럼 깊어져 있다.

5. 대화와 사랑의 시

김종호 시의 깊어짐은 무한 고독을 체험한 자의 내적 대화와 관련이 깊다. 김종호 시는 자연과 대화하고 시간과 대화하고 내면과 대화하는 시다. 그사이 그 외로움은 그리움의 세계를 부유하며 많은 자연과 대상을 만나고 여유로워지며 조금씩 더 깊어지는 심연의 세계와 만난다.

> 나무에 기대어서
> 나무처럼 생각하고
> 나무처럼 바라보고
> 나무의 사랑을 하고 싶습니다
> — 「나무에 기대어서」 부분

> 너와 나로 사는 것은
> 서로의 곁을 지키는 것
> 사랑한다는 것은
> 한없이 바라보는 것
> — 「나무들은 다만」 부분

화자는 나무들 사이에 서 있다. 나무와 나무 사이엔 일정한 간격이 있다. 그 간격을 유지하는 덕분으로 나무들은 서로 해치지 않고 함께 자란다. 인간은 때로 서로 뜻깊은 관계 맺음을 이유로 이 간단한 진리를 외면하곤 한다. 간격이 지나쳐 관계 맺음을 이루지 못하거나, 간격을 좁히다가 서로 침범하는 어리석음을 드러낸다. 화자는 나무들 사이에 서서 나무와 대화하면서 다시금 이 진리를 깨우치며 내면을 다진다. 김종호 시의 깨달음은 바로 이런 대화에서 비롯된다. 묻기를 "별이여! 잊지 못할 사연은 무엇이기에/밤이 새도록 깜박이고 있는가?//산이여! 그대는 누구를 위하여/그렇게 무거운 짐을 지고 끙끙대는가?"(「나무여, 바위여, 낙엽이여!」)라고 했다. 물론 대답은 없다. 그러나 실은 그 대답은 침묵 속에 내재되어 있다. 그 침묵 속의 대답을 엿볼 수 있는 시가 이 시집의 표제작인 「강나루의 대화」다.

> 당신이 줄곧 걸어온 길은 무엇입니까?
> —후회와 아픔과 슬픔, 그리고 그리움입니다.
> 그때마다 사정없이 엉덩이를 들이받는
> 성질 고약한 염소 한 마리 몰고 왔지요.
> 당신이 애타게 찾아 헤매던 행복은 무엇입니까?
> —아, 그 또한 후회와 아픔과 슬픔, 그리고 그리움입니다.
> 왜 그런가요?
> —행복은 그 모든 것의 화학 작용일 테지요.
> '바다의 눈물' 진주를 보세요,
> 그 은은한 무지갯빛이 아픈 상처라는 걸
> 아는 사람은 많지 않지요.
> …(중략)…
> 당신은 무엇을 위해 시를 씁니까?
> —시는 쓰는 게 아니라 사는 겁니다.

길을 가는 자의 노래이지요.

당신의 인생에서 어떤 삶을 원하시나요?

—저 타이타닉호의 악사들의 연주입니다.

물속에 잠기는 순간까지 연주하는 것이지요.

— 「강나루의 대화」 부분

  화자는 도강을 하기 위해 강나루에 와 있다. 그 시간에 "줄곧 따라온 바람"과 대화를 나눈다. 물론 '바람과의 대화'란 시적 구체성을 위한 허구일 뿐이고 실은 화자가 그 내면과 대화하는 내용이라 보면 되겠다. 화자는 자신이 걸어온 길을 후회, 아픔, 슬픔, 그리고 그리움이라 했다. 행복 또한 마찬가지다. 삶 자체가 후회, 아픔, 슬픔, 그리움이라 했는데, 행복 또한 바로 그것과 같다니! 이건 그 자체로 모순인 거다. 그러나 화자는 그것이 모순이 아님을 설명해낸다. 행복은 마치 바다의 진주가 그러하듯이 '후회와 아픔과 슬픔과 그리움'이 오래 묵으면서 화학작용을 일으켜 '은은한 무지갯빛 보석'이 된다는 것이다. 이는 화자가 그동안 후회, 아픔, 슬픔, 그리움을 회피하지 않음으로써 그것을 내적 변화의 동력으로 삼았다는 것이다. 이는 더 나아가 키르케고르의 말처럼 '외로움을 회피하지 않고 정면으로 마주하고 절망과 고독을 더욱 실존적으로 경험하면서 신 또는 절대자와 직접적인 관계 맺음'을 하게 된 것이라 할 수 있다. 이 내적 깊어짐이 김종호의 시다.

  김종호의 시는 외로움 속에서 그 외로움을 외면하지 않고 그것과 내적인 대화를 통해 깊어진 시다. 그 과정은 기독교인으로서 절대자 앞에서 괴로워하면서도 그 괴로움과 정면으로 마주하면서 절대자 앞에 나아간 것과 같다. 그는 시는 왜 쓰는가 하고 스스로

에게 물었다. 그 대답은 이러했다. '시는 쓰는 게 아니라 사는 것'
이라고. 그렇다, 시는 시인이 쓰는 행위이지만 그것은 곧 자신이
살아내는 행위다. 왜? 살기 위해서. 그러나 여기에 김종호는 보다
더 뜻깊은 대화의 결과를 덧붙임으로써 자기 시 쓰기의 깊이를 보
여준다. '나는 시를 쓴다, 침몰하는 배의 사람들, 그 사람들과 끝
까지 관계 맺음을 하기 위해서!' 김종호의 시는 이렇듯 외로움과
함께하고 그것을 견뎌냈다.

강나루의 대화

김종호 제7시집